ORATÓRIO

DOS

INCONFIDENTES

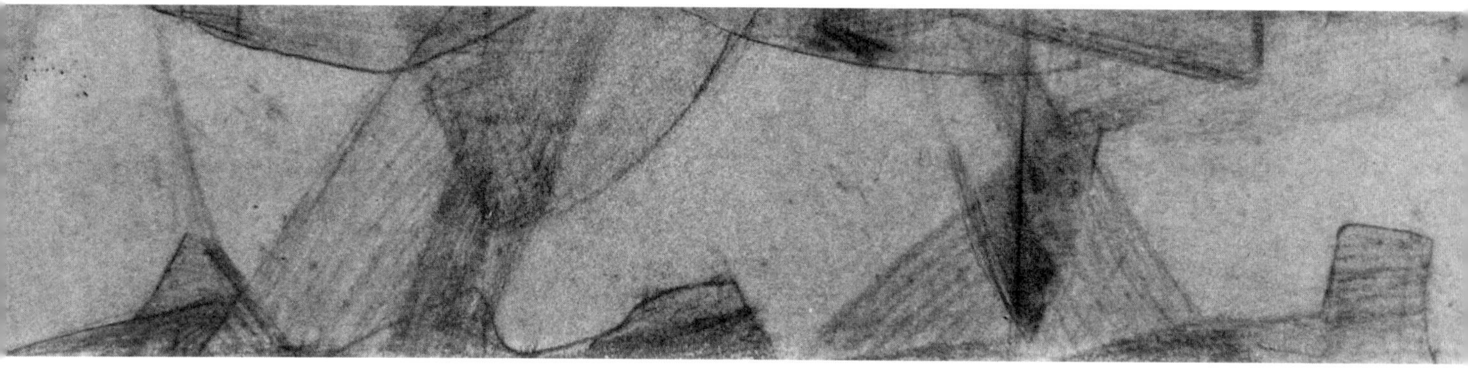

Desenho a grafite sobre papel, sem assinatura, medindo 10x45 cm. Um dos primeiros estudos das zonas de luzes e sombras para o painel 'Tiradentes".

Todo o material de ilustração, integrante do acervo do Projeto Portinari, incluída a reprodução do painel "Tiradentes", foi gentilmente cedido ao autor por João Candido Portinari.

Para
Júnior
e Adriano;

e para
Flavinho, sempre presente.

Domicio Proença Filho

ORATÓRIO DOS INCONFIDENTES

(Faces do Verbo)

TINTA NEGRA

Editor: Sérgio França
Editora assistente: Nicole Cardoso
Editora assistente (arte): Juliana Pegas
Projeto gráfico: Priscila Sousa
Revisão: Shirley Lima
Imagens: Projeto Portinari

Dados Internacionais de Catalogação na Publicação (CIP)
(Câmara Brasileira do Livro, SP, Brasil)

Proença Filho, Domicio
Oratório dos Inconfidentes : (faces do verbo) / Domicio Proença Filho. -- 3. ed. -- Rio de Janeiro : Tinta Negra, 2024.

ISBN 978-65-87370-11-8

1. Minas Gerais (Estado) - História I. Título.

24-200205 CDD-981.51

Índices para catálogo sistemático:

1. Minas Gerais : Estado : História 981.51

Aline Graziele Benitez - Bibliotecária - CRB-1/3129

Tinta Negra [marca do Grupo Editorial Zit]

Av. Pastor Martin Luther King Jr., 126 | Bloco 1000 | Sala 204
Nova América Offices | Del Castilho | 20765-000 | Rio de Janeiro | RJ
T: 21 2564-8986 | editora@zit.com.br | grupoeditorialzit.com.br

Sumário

Apresentação

Assim como os seres humanos, também as nações, ao longo de sua história, vivem o seu grande tema, o seu episódio maior, ou seja, aquele que justifica sua identidade, seu idioma, suas fronteiras, sua expressão, enfim.

E aquilo que chamo de *episódio maior* sempre esteve e estará ligado à sua liberdade.

Talvez não seja o ato de proclamação da independência, em si, o próprio episódio maior a que me referi. Há sempre um processo de maturação nos movimentos libertários, e é neles — durante esse processo — que, fatalmente, vamos deparar com aquele núcleo da história que, no futuro, estará fadado a se transformar em poema.

Caso eu quisesse utilizar-me de termos pomposos, diria que tal núcleo será sempre "o conteúdo do grande poema da nacionalidade".

No Brasil, certamente, nenhum outro movimento histórico será capaz de sintetizar tão bem a luta do país em busca de sua independência quanto este, de conjura, da Inconfidência Mineira.

Paira no movimento não só o romantismo da poesia de Marília de Dirceu (*onde o brilho de Marília e o sorriso aureolado?*), mas também o clima de Vila Rica de Albuquerque, *ouro carregado de prata*, as serras de Minas Gerais, os sonetos, as cantatas, as éclogas de Cláudio Manuel da Costa, os quatrocentos dinheiros pagos a Joaquim Silvério dos Reis, a iniquidade da *derrama*, enfim, eram *muitas cabeças unidas num só corpo*. Havia não só um cenário para o drama, mas também personagens à altura, e Tiradentes, o alferes, é o mais vivo na gratidão dos brasileiros.

Esse episódio maior de nossa História, porém, tem sido tema constante de nossa arte.

Agora, Domicio Proença Filho o traz para a literatura em formato até então desconhecido: não somente através do poema, mas também acrescentando a este os fatos históricos narrados em prosa poética. Permanecendo poema, enquanto gênero, o *Oratório dos Inconfidentes (Faces do Verbo)* também se constitui em livro-documento e em livro-arte, com a incomparável contribuição dos desenhos de Cândido Portinari. Assim, esta obra se torna fonte de pesquisa das mais autênticas para todos aqueles que, à fantasia e ao sonho da palavra poética, sentem necessidade de acrescentar os subsídios inarredáveis da História.

É importante — eu diria imprescindível mesmo — que este livro vá ocupar o lugar que merece nas estantes das bibliotecas públicas dos municípios brasileiros.

Aqueles que o lerem certamente recordarão que, antes de D. Pedro ser sagrado Imperador do Brasil, a Nação brasileira já havia sido ungida com o sangue do Alferes, para entrar, assinalada com a palma do martírio de seu herói, no concerto das nações livres.

No dizer do poeta:

"[...]A morte/lúcida/escreve/no quadro/negro/a forca e/a sangue/a palavra alerta, lume:/Liberdade/(inda que tarde)."

Maria Alice Barroso

Prefácio*

Porto Alegre, 4 fev. 83

Meu caro Domicio:

Tomo o *Faces do Verbo*, primeiro, sob um ponto de vista sincrônico, isto é, cada um dos poemas visto em si mesmo como hipótese de autonomia literária. Há três poemas de minha preferência descarada, que considero raros na literatura brasileira atual. A saber: *Cidade, O pátio dos enforcados, A face do morto.* Em qualquer um deles você obteve uma absoluta limpidez de expressão poética; em qualquer um deles, o forte da nomeação substantiva, que me parece ser a marca de identidade de seu estilo sempre em luta pelo despojamento formal, pela evidenciação do signo em sua crueza elementar e essencial. Mas segue-se, logo, um grupo de poemas que, a meu ver, constitui dentro do todo um admirável conjunto — *A cabeça, Os braços, O torso* e *Os membros arrancados.* Para esse conjunto obtido só encontrei um paralelo e fora da literatura: a última seção do painel de Portinari sobre a Inconfidência (conheci-o no antigo Colégio de Cataguazes e pertencia a Francisco Ignacio Peixoto; agora, parece-me que está no Palácio do Morumbi, adquirido pelo governo de São Paulo). Explico-me: tudo aí é síntese completa e acabada. Não a síntese didática, mas a síntese da metáfora poética, simultaneamente obtendo a redução dos elementos fáticos para lograr a ampliação de seu significado. Se bem me lembro, era isto que o velho Midleton Murry considerava o problema central do estilo, chamando-o de "precisão da sugestão emotiva" — cristalizar uma acumulação extraordinariamente rica de percepções sensoriais com a qual o escritor pode articular um sistema de percepções que já nada tem de sensorial... A metáfora, não é? Você a obteve aqui e nos poemas que citei antes; e só isto já justifica a "luta pela expressão"...

Quanto ao conjunto todo do oratório, mantém-se sempre a unidade de expressão e acho que o poema sobrevive ao teste extremo, pior dos piores: anda sempre a rondá-lo, durante a leitura, o fantasma do *Romanceiro da Inconfidência* da "nossa" Cecília Meireles, que eu conheço quase de cor por uma velha paixão. Pois creia — do confronto sai ileso o que você escreveu e ainda engrandecido. Para dizer tudo: lendo-o, a gente sabe que você leu Cecília e, no entanto, aí não há nenhum traço visível dela. A *tradição*, naquele sentido do T.S. Elliot: toda nova obra, se é que se cumpre, provoca um reordenamento na ordem das obras precedentes.

Em hipótese nenhuma eu diria que devem ser retirados os textos em prosa ou os documentos da segunda parte. Ao contrário, esse é um dos elementos que mais me agrada. Simplesmente fascinante o "jogo" que se pode fazer, na perspectiva do leitor, entre os dados factuais e a instauração do poético. E, além do lúdico, trata-se dum gesto de coragem: materiais à mostra, fontes desveladas, documentos neutros sobre a mesa; daí há que desentranhar a "palavra", restaurar a origem do signo. E você o faz. Problema haveria se de toda essa presença didática e documentária resultasse um poema penosamente didático em idêntico sentido. Não é absolutamente o caso, como já disse antes, e — se do meu modesto, subjetivo julgamento dependesse — tudo teria o imediato *imprimatur.*

Aí está, meu caro Domicio, a opinião, "opiniãozinha", como diria meu querido Mário Quintana... Mas você a pediu expressamente... A defendê-la tenho apenas o argumento de que não sou homem de fáceis ou pródigos elogios, principalmente por escrito. Você conhece meus livros e sabe disto. Mas, que diabo, seu poema me emocionou e passo a considerá-lo um pouco meu afilhado. Gostaria de ver o seu "parto gráfico", revestido em livro, assim como está e sem nada mudar.

Receba o afetuoso abraço do

Flávio Loureiro Chaves

**Em fevereiro de 1983, os originais deste livro foram encaminhados pelo autor a um dos seus leitores de fé, o crítico literário e professor titular de Literatura Brasileira, Flávio Loureiro Chaves, da Universidade Federal do Rio Grande do Sul. O presente prefácio é transcrição, na íntegra, de sua carta-resposta.*

“Muitas cabeças
unidas num só corpo.”

Alvarenga Peixoto

O Morto

Plantado,
corpo,
nas estradas
das Minas
Gerais,
cabeça,
tronco
e membros
e a terra
salgada
nas estradas
de Minas.
E o corpo partido,
raiz,
nas estradas
de Minas
o corpo liberto
e mais que o corpo
o nome
do homem
e mais que o nome,
a Flor
Palavra:
Libertas quae sera
tamen.

1789:

Além da história
e da palavra escrita
a marca
de uma forca,
a ponta
de uma
corda:
laço.
O sonho
verbo verde,
o sonho, verde, claro:
laço,
e as palavras
do sonho:
Libertas quae sera
tamen.

A legenda

As formigas de Vila-Rica
não sabem essas palavras
nem os cavalos
as borboletas
os cães
as árvores
o rio.

Não sabem as estrelas

essas palavras
plantadas
na forca
em cada fio
da corda
e na carne
esfacelada
luzes no percurso
em cada dobra
do tempo
nos ecos de cada fome
no espinho de cada sede
no sonho verde do
silêncio,
seiva:
Libertas quae sera
tamen.

Cidade:

A longa tarde
cadente
suave, lenta-
mente.

O relógio da torre
cinco e meia
um pássaro
no ar
o voo livre
e pirilampos
verdes
no compasso
do retorno
lento
conflagrado.

A torre
ausência de sinos,
multidões silentes:
o rebanho
simetria
contida
cadente.

O pátio dos enforcados

No pátio
jaz
o patíbulo
e a corda.

No ar,
esponjas de fel.

Nas esquinas do tempo
A cal e as cruzes
do
sangue
o sal
a mão
do carrasco.

Há ruínas de palácios
e sombras de cicatrizes
e sob o manto de asfalto
fermentam
velhas raízes
adubadas de silêncio
e da palavra
enforcada:

nos labirintos do tempo
treme a flor anunciada
e floresce
no patíbulo
a corda
desabrochada.

Há ruas
loucas de fome
e uma sede de séculos
nessa praça
envergonhada.

Os sinos

Ausentes de aleluias
alvíssaras
maciças
alegrias.

Os sinos
comportados
confundidos
sobrevivem.

No alto da torre
silentes.
Nem bodas anunciam
ou vitórias.

Os sinos desaprendem,
amnésicos:
outros compassos,
memórias,
sinos.

E o tempo
bronze
retém vozes antigas
fundidas
eternas:

Os sinos
dirão
outras tardes
de verão
aberto
inda que tarde.

A valência do rei

A carcaça vetusta,
adorno.
O longo lento passo retardado.
No ar, o gesto amargo, a
esclerose
antevéspera do sangue arrebatado.

À sombra de mil sonhos
enforcados
na impossível tarde
eclipsada.
Deste lado.
Sem sol.
Azul-escuro.
Estático.
Nada.

Semeadura

O povo: terra
lento, o arado.

A face calcinada,
amargos sulcos
na manhã noturna.

A aurora sepultada
véspera da tarde
clara.

O tempo: chuva
em campo aberto
flor,
à espera,
noiva, sede.

Gota a gota,
a terra
fecundada:

antevéspera
da nova flor
maior,
tarde sonhada.

A secreta arquitetura

Entre as pontas do compasso
argúcias e sortilégios
vozes nas portas fechadas
riscam traços
do percurso
a liberdade
se forja
em estranha arquitetura
avais de ouro
e palavra
entre teias
de mistério
os ecos fluem
das salas
e animam
gestos ousados
no sobressalto
das ruas.

A véspera

O ouro azedo da derrama
choca
os ovos da conjura.
Sussurros e ameaças
em cada vão do caminho.
E palavras exaltadas
e medos
e covardias
e há vozes de comando
de fé,
coragem,
ousadia.
Há uma ideia de pátria
pairando
no ar
de Minas
e na cabeça
dos homens.
E uma bandeira abrigada
nas salas da Inconfidência.

Há um dia de batismo
nas águas da Esperança
mas a palavra escondida
espreita
alerta
na noite,
serpe pousada
no muro.

Tal dia é o batizado

Em nome
do Pai
do Filho
do Espírito
Santo
e da Pátria:
Libertas quae sera
tamen.

O antimito

O Indicador sombrio
apodrecido
adunco:
a queda,
linha reta,
abutre.

Fígado partido semostrante
cicatriz e chaga, aberta,
pústula.

Eis o abutre
alimentado de esperança
alheia.

Eis o corvo
sem nunca-mais
o corvo-corvo
cor negra
da noite.

Eis a hiena-corvo
sorridente:
tarde acinzentada
escurecida
ainda
mais.

A denúncia

Por quatrocentos dinheiros
uma bandeira
apagada.

Por quatrocentos dinheiros
mais um fidalgo na corte
a fé, a honra traída
o hábito da Ordem de Cristo
e a palavra enxovalhada.

Por quatrocentos dinheiros:
a amizade esquecida
e a palavra empenhada.

Por quatrocentos dinheiros:
preço da pátria adiada.

Os homens do rei

Em bloco
maciço
olhares unos
face una
veste una
gesto uno
mente una
almas unas
e uno
o régio preço.

Os cativos

Baixas as cabeças
dorsos arrasados
bois.

A longa curva
em arco
tange
o solo.

O olhar, vergado
de cansaços.

Mil sonhos naufragados
escurecem
o horizonte absurdo
cadafalso
plantado na montanha
e a multidão
de costas.
Baixas as cabeças
campo inerte
bois
de canga.

Longe pende a Cabeça
erguida numa corda.

Silvério

O antinome.
Dos reis
na planície gelada
das coisas esquecidas
lousa sobre o gesto
e o ato.

Pousada no muro,
a palavra escura.
Dos reis
coisa,
posse,
lousa,
nada.

Gonzaga

Onde o brilho de Marília
e o sorriso
aureolado?

Onde a íris de Marília
reluzência sonhada
de ouro velho?

Onde o lábio de Marília
carmesim, antecipada
ventura, onde?

Onde o gesto de Marília
suave, a paz de prata
dos campos?

Onde o corpo de Marília,
intocado, puro
o corpo?

Onde Marília oceano
barco porto
e infinito?

Onde a não morte
ou degredo?

E a pátria?

Manuel

Unido, atado, firme.
Aberto o canto
maior
no ato.

Além das asas do verbo
outras essências
ativas.
Unido.

Atrás do verbo encantado
porta aberta,
outros gritos
sufocados.
Atado.

Atrás da palavra mansa,
a canção
desesperada.
Firme.

E no ato maior
o canto:
unido, atado, firme.

José

Irmão
na força
do gesto
agrilhoado.

Irmão
no sangue derramado
seiva
lançada
à terra
verde.

Irmão
nas flores abertas
em colinas
largas, planícies, no grito
ribeirinho.

Irmão
na permanência
do gesto
e do ato:

Irmão
na construção.

Maciel

Cadinhos noites e fórmulas
germes de leis
exemplares
um horizonte
de ideias
desdobra oceano largo
e um intenso arco-íris
eriça serras e mares
navega sonhos antigos
abre pétalas
de aurora
e das alheias palavras
faz nascer as flores novas
antevéspera
do fruto
por tanto tempo adiado.

O padre do Tejuco

Loas
ao nome
do Semeador,
a cicatriz
traçada
a meia-face.

Loas
ao sal
da palavra
ao gesto
e à missão.

Loas
à ideia
e ao martírio.

E à cicatriz
da alma.

Louvado
seja,
pesar dos pecados
em nome
da Pátria
sonhada
em agonia.

Louvado,
quae sera
tamen.

O cônego

Longe, a cavalgada
dos bravos.

Sequestro
dos livros,
a casa
rasgada
a cruz
devorada
do ódio
o hábito
partido
mas a ideia,
profunda,
sagrada,
raiz:
Libertas quae sera
tamen.

O padre

Livrar dos pecados
em nome de Cristo
lavar nossas almas
em nome de Cristo
cantar ladainhas
em nome de Cristo
remir os cativos
em nome de Cristo
soltar os escravos
em nome de Cristo
memento dos mortos
e dos vivos.

Em nome de Cristo:
Libertas quae sera
tamen.

Francisco

Quem abre a casa da rua
Direita
de Vila Rica
à chuva de dezembro
na plenitude
da noite?

Quem semeia
liberdade
nas cabeças
dos soldados
do Regimento
dos Dragões?

Quem vai encontrar
o povo
no centro
da sua praça
e recolher
a cabeça
e o sangue
da opressão?

Quem conduz a tropa alerta
à marcha em caminho novo?

Quem clamará com o povo
pela débil Liberdade?

— o coronel dos Dragões
Francisco de Paula
Freire de Andrade.

O sargento-mor

Seiscentos índios
e o comando.
Seiscentos índios
e a raça,
seiscentos índios
vermelhos,
herança da terra
e guarda.
Seiscentos índios
e o caminho novo
aberto
e alerta.

O corte

fundo.
Vísceras e vísceras
e o coração
florindo
ritmado
ao som do vento acelerado
até o
ponto.
Sem vírgulas
aos poucos
reticentes:
ponto. Sem parágrafo.

A paisagem

Flores negras
sinos silentes
estrelas apagadas
aurora violentada
o dia, aquele.

No ar, enxofre e fel.

A manhã, um cheiro de
sudário.

A cal já preparada
aguarda.
E o sal treme, excitado,
nos silos
abastados.

A montanha de Minas
arrepia.

Gemente, no ar silente,
a nênia lúgubre
das parcas, carro de bois.

É a hora.

Ele

à frente do percurso,
ao ritmo
sincopado
dos tambores
do tempo.

Longe,
a sombra de uma
forca
e o carrasco.

Os olhos
aguardam
mudos.

A sentença
se cumpre,
agudo frêmito.

A morte rege
o espetáculo
absurdo.

Os olhos abertos
agasalham
o sêmen
do verbo
imaculado.

E um horizonte
de luzes
irisa de ouro antigo
as dobras
do tempo novo.

Expectância

A manhã
acorda nervosa
premonitória.
Esquinas de sobressalto
e o deserto da rua.
A cidade
um silêncio de medos
excitados
véspera da morte
programada.

O cadafalso
à espera
tranquilo.

Os comensais do palácio
onipresentes
derramam brindes
e loas
à devassa
e à derrota
e à soldadesca do rei
em seu primeiro uniforme.

Agasalham pesadelos
o vice-rei, a rainha,
juízes e delatores
mãos de renda sujam breves
água em bandejas de prata
os bois do manso rebanho
dóceis, tardos, alinhados
no cerco.

O carrasco

Entre cabeça
e corda,
fardo,
a recusa da Morte
envergonhada.
O gesto
repartido
a cada hora
do tempo
derramado.
Dos pés do Carrasco
nos ombros da palavra:

o corpo cai
e o verbo
redivivo
ascende.

Percurso

Longe,
o cortejo,
como a ponta de uma corda
olhos montados
em olhos
as pedras
arregaladas:
Quem vem,
o rosto de pedra,
a bata, a barba,
a auréola
iluminada?

No gesto
do condenado
no seu olhar de horizonte
a certeza
da Verdade
Libertas quae sera tamen
na falsa morte plantada.

Instrumentos

Lento
o lúgubre cortejo
no Largo da Lampadosa.
Mil lâminas antegozam
o gosto de sangue
coagulado
as estacas agudizam
desejos acrisolados
e um círculo de sombras
e algozes
encapuzados
freme.

Já pende da trave
a corda
e a mão
do carrasco.
Os pés
mansos
adejam
sobre os degraus das escadas.

O sacrifício

Longo o capuz
negro,
e o cadafalso.

Longos os braços
tensos
e a mão.

Longos os olhos
fundos
e o gesto
duro.

Longe a véspera adiada
do riso, tarde clara.

A corda.

A queda,
brusca:
corpo pendente do
azul azedo e frio
longos, os braços
secos
mão aberta:
oferta.
Longos os olhos
constelados
e o gesto
claro,
iluminado.

Ascensão

Nenhum pássaro,
nem vento
na manhã ensandecida.

A corda grita
e arrebata
a palavra,
abrigada na garganta.

A cidade escurece,
envergonhada.

Cai o corpo,
fraturado.

A ideia emerge
voa por cima
da praça
das ruas, becos e casas
penetra em olhos ávidos
semente.
O céu tinge de vermelho
nova aurora
inaugurada
da corda
pende a palavra
antevéspera da tarde
proclamada
adorna muros
de igreja
placas de ruas
marcos da estrada
e para além do horizonte
e do tempo
vivificada,
e sussurra com o vento
no azul-vivo da tarde:
liberdade, liberdade, liberdade...

Calvário

Mil silêncios acendidos
no Campo de São Domingos:
e um passo cadenciado.
No Largo verde do sonho
mil pedaços de cristal
abrigos da madrugada
alerta.

No cadafalso crispado
geme o sonho acorrentado
e a palavra estalada
e na madeira excitada
jaz uma corda nervosa
e o carrasco.

Um manto de noite rude
veste o céu envergonhado
e algumas consciências.

Chora a madeira pesada
grita a corda flecha e raio
pende o corpo e a cabeça
acesa:

Todo o silêncio fenece
deserto
e a palavra
fundadora
emerge,
flor
e fruto.

O corpo

semeado
sete vezes ferido
sete espadas
cravadas
na palavra.

Jaz insepulto
no discurso
livre.

Eterno
na palavra
livre,
plantada
no deserto
flor e fruto:
raiz.

A face do morto

O olhar: fixo
o sono
aberto.
Viva, a face
do morto,
olhar do morto,
o negro cabelo da
morte e a
longa barba de Mio Cid
morto:

Viva, a morte
do morto
nos lábios cerrados
do morto:
Viva, a morte do
morto
na palavra
livre
do morto,
palavra gritada do morto,
palavra encantada do morto,
a mágica palavra do morto
viva, a palavra do morto.

A cabeça:

Rosa
na ponta da estaca
plantada
nas estradas de Minas.

Cabeça:
de portas
abertas
engalana
o caminho do caule amargurado.

A cabeça:
flor solitária,
Estrela-guia.

Os braços

Estandarte
chantado nas estradas gerais.

Cravados
nas estacas zelosas,
véspera.

Fragrância leve,
o sangue coagulado,
seiva.

Os braços, erguidos,
prece:
Libertas quae sera
tamen.

E os frutos.

O torso

cofre
do sonho
proclamado:
arauto,
fonte.

Os membros arrancados

a golpe vil:
pétalas jazentes
na terra violentada
flores de sangue
ambulantes, mudas
na estrada maior
espaço e tempo
e lento o sangue, gotas,
derramado, fonte:

mil frutos adernantes na ampulheta.

O combate

O não-chorar:
Apenas o gemido.
A vida,
vinagre e fel.
Combate antigo
ao rés do chão
a vida:
sem qualquer
exaltação.

E já não filho
e já não brios
ou revestimentos:

o abate.

O cadafalso

O sangue: bem-aventurado
derramado
no lenho
da chaga
do lado.

Pende a cabeça
partida.
O coração, plantado, nasce
vinho e trigo.

O cadafalso: redenção,
altar.

Os sinais

O albatroz, asas reinauguradas,
mergulha.
Suaves naves velozes
à flor dos mares
bravios
e a ferrugem.

O horizonte: azul, ligeiro
traço rubro esmaecente
o sol, corda em círculo,
pendente
do discurso.

Longe a estrela, cadente,
presságio
e Vésper.

A multidão caminha.

A corda

Simples laço
acrisolador.
Solda
bronze, diamante,
corda.

Longa,
afaga o sonho
do morto.

Laço,
embala o sonho
do morto.

A corda, curva,
circum-navegante,
esposa,
guardiã.

Fecundação

O Sonho
adubado do sangue
derramado
à sombra da
corda
eriça
todas as portas
e janelas
abertas.

Voa o Sonho
e pousa
pétalas verdes
nas ogivas
e frinchas
alertas
estrelas de pólen.

O Sonho
abelha-mestra
inundada de Sol
inaugurando o voo.

Gênesis

A corda
corta
o fio da existência:
ponte.

Os pés
do carrasco
cravam
a morte
nos ombros
frágeis.

Os homens do rei
plantam
despojos
no percurso
e fecundam
a terra
a sal amargo.

A espada cega
da justiça
traça palavras, malditas.

E a carne
se faz verbo.

Plantio

Da morte
atraiçoada
que lição?

Que grita
a voz silenciosa
no sono aprisionado
ao vento inexorável?

Que rio esse
perene
sob o cadafalso?
Silêncio.

A morte
lúcida
escreve
no quadro
negro
a forca e a sangue
a palavra alerta, lume:
Liberdade
(inda que tarde).

A palavra

Por trás das sete cabeças
passadas as sete portas
sete colinas de prata
quatro palavras setenta
vezes sete proferidas,
sete sinos repicando
no templo rude
do tempo:
Libertas quae sera
tamen.

ESTAÇÕES

DO

DISCURSO

Muitas cabeças unidas num só corpo

("Epígrafe", p. 15). Expressão usada por Inácio José de Alvarenga Peixoto para indicar que a Conjuração não tivera um chefe isolado. As tarefas foram distribuídas entre os conspiradores. Se descobertos e presos, negar a participação era a ordem. Ao fraturar-se o movimento, ferido pela traição, Tiradentes, o Alferes, assume a plenitude da responsabilidade. E confessa "ser ele quem ideara tudo, sem que fosse movido de alguma outra pessoa" (***Autos da devassa***, v. 7, p. 74).

Libertas quae sera tamen

("O morto", p. 16). Alvarenga Peixoto sugere essas palavras para a bandeira dos conjurados. Liberdade, ainda que tardia. Em latim, como nas *Bucólicas*, do poeta Virgílio, atribuídas ao escravo liberto Títiro, em seu diálogo com Melibeu. À pergunta deste — ***Et quae tanta fuit Romam tibi causa videndi?*** (E que motivo tão importante tu tinhas para ver Roma?) (***Bucólicas***, I, 27), o ex-cativo responde: ***Libertas, quae sera tamen respexit inertem*** (A liberdade, que embora tardia, me encontra assim, despreocupado) (***Bucólicas***, I, 28).

Tiradentes propõe mais: um triângulo representativo da Santíssima Trindade e provável alusão à simbologia maçônica. Aprova-se a ilustração lembrada por Inácio José: Um índio quebrando grilhões e o lema. Hoje, com o triângulo vermelho em fundo branco, os termos, em verde, figuram na bandeira do estado de Minas Gerais.

A secreta arquitetura

("A secreta arquitetura", p. 28). Alusão à maçonaria, que, segundo alguns historiadores, participou ativamente dos movimentos de independência mobilizadores do Brasil no século XVIII. Questão longe de pacífica. Uma organização de origens pouco claras. Que levam ao Egito. E estendem-se à Idade Média europeia. Inicialmente reuniria pessoas ligadas à construção, notadamente os pedreiros (maçons, em francês) preocupados em defender os interesses do grupo. Depois, ganha caráter de ritos e envolvimentos secretos, e amplia sua presença por toda a Europa. Logo passa a uma ação política com propósitos transformadores de condições sociais e apoiados em posicionamentos liberais. Na simbologia, entre outros elementos, o compasso, uma estrela flamejante, o esquadro e o fio de prumo. Estabelecida em Portugal aproximadamente entre os anos de 1735 e 1743, sua ação sofre alternadamente liberação e perseguição das autoridades governamentais. Participa dos movimentos de libertação da América Espanhola, e, ao que parece, instala suas primeiras lojas no Brasil a partir de 1788. Na base, as ideias francesas do século de setecentos: os franceses são os iniciadores da organização em terras brasileiras. A ela caberia grande parte da responsabilidade pela ideologia condutora dos movimentos de libertação da Colônia, entre eles, a Conjuração Mineira. Organização secreta, é difícil situar, com rigor, intensidade, responsabilidade e limites, sua participação na história brasileira. Certo: alguns dos conjurados passam pelas lojas ou mergulham com entusiasmo nas ideias ali difundidas.

Vila Rica

("A legenda", p. 20). Em Minas Gerais. Atual Ouro Preto. Cidade monumento nacional. Tombada: Decreto nº 22.928, de 12 de julho de 1933. Presença viva do Barroco na paisagem mineira. Povoação começada em 1698, faz-se vila em 1711, ano em que é chamada Vila Rica de Albuquerque, por obra de Antônio de Albuquerque Coelho, governador da Capitania de São Paulo e Minas de Ouro. Mais tarde, simplesmente Vila Rica. Sede de ouro e de revoltas libertárias, onde, em 1789, reúne-se gente de Minas nivelada pelas relações de amizade e de família, bem como pelas circunstâncias econômicas. E são poetas, e homens de leis, e comerciantes e fazendeiros. E, desde já mobilizados por sentimentos de pátria, afirmados por afinidades sedimentadas por ideias e atos de Europa e América. E gente que se reúne e se fala. Como se reúnem e se falam os homens que organizavam a Conjuração em 1789, na casa da rua Direita. Vila Rica: capital da Província de Minas Gerais a partir de 1823, com o nome novo de Imperial Cidade de Ouro Preto. Lembrança da cor escura das primeiras pepitas que brotaram de suas terras, em 1694, achadas por Duarte Lopes. Ouro carregado de prata, enegrecida, ao contato com a umidade da atmosfera. Ouro Preto: que cede as galas de centro de governo à planejada Belo Horizonte. Em 1897. Ouro Preto, monumento universal, em 1980. Vila Rica: cidade feita de memórias.

A derrama

("A véspera", p. 29). Do ouro extraído da capitania, um quinto seria pago, como imposto, a Lisboa. Um alvará do Marquês de Pombal, datado de 3 de dezembro de 1750, estabelece que o povo das Minas deve assegurar cem arrobas (1.500 kg) anuais de ouro à Real Fazenda. Difícil manter o índice. Por esgotamento das fontes. Ou por desvios e fraudes. Possíveis. E a quota não vinha sendo totalizada. A produção caía gradativamente desde 1762, sem que a ação reparadora se cumprisse. Por culpa de "uma grande relaxação" dos governantes e da Junta da Fazenda, segundo as autoridades lusas. A partir de 1763, resolve a Coroa que a diferença será coberta por taxa *per capita*, imposta à população: a derrama, a cobrança dos quintos do ouro em atraso. A dívida andava perto das 538 arrobas (8.070 kg), em dinheiro vivo: 3.305.472$000. O Visconde de Barbacena, Luís Antônio Furtado de Mendonça, assume o governo das Minas em 1788, no dia 11 de julho, com ordens categóricas: fazer cumprir as determinações do alvará. Trata-se do único imposto submetido à administração da metrópole. Incisivas são as ordens do Ministro Martinho de Melo e Castro e as recomendações do Vice-Rei Luís de Vasconcelos e Sousa: investigar, identificar e cobrar. A derrama era uma certeza na boca das gentes. Mas só seria imposta se o povo tivesse condições de suportá-la. A notícia da conjura muda a diretriz do governo: não se faz a cobrança.

Tal dia é o batizado

("Tal dia é o batizado", p. 30). Senha estabelecida pelos conjurados de Minas para a deflagração do movimento. Ouvi-la era convergir sobre Vila Rica. E, em número de duzentos, permanecer na capital, enquanto uma centena de bravos cuidaria das emboscadas, na rota do Rio de Janeiro e nos caminhos de São Paulo. A hora: o dia da derrama. Na inspiração dessa frase, o batizado do filho de Alvarenga Peixoto, em 8 de dezembro de 1788, em São José.

Por quatrocentos dinheiros

("A denúncia", p. 33). Joaquim Silvério dos Reis — pois que é preciso chamá-lo pelo nome — era um entre os conjurados de Vila Rica. Menos pelas ideias, muito pelo interesse. Coronel de Auxiliares, português, devia à Real Fazenda, em 1789, 220:423$144 réis. "Doloso, fraudulante e falsificador como o descreveu a junta ao chamá-lo às contas, em 1789 (cf. MAXWELL, A devassa da devassa, p. 170). Em 15 de março, leva, verbalmente, ao Visconde de Barbacena a denúncia da conjura, nos planos, nos fatos, nas pessoas. O governador escreve ao vice-rei, D. Luís de Vasconcelos, sediado no Rio de Janeiro: dá notícia da denúncia e pede orientação: em 25 do mesmo mês. Vinte dias sem resposta levam-no a solicitar do traidor à delação por escrito. E envia-o a D. Luís com uma carta de apresentação. E envolve outros informantes: Bazílio de Brito Malheiros e Inácio Correia Pamplona — este, devedor de grande soma a Silvério. Outro contratante e conjurado, João Rodrigues de Macedo, também tem conta grande a ajustar com a Coroa e mantém contatos com o governador. E consegue a garantia da impunidade, depois de conversas financeiras com Barbacena, similares às que o visconde tivera com Silvério. Como teria acertado conseguir de Lisboa favores de leis especiais para proteção dos negócios de Malheiros, Pamplona, por seu turno, deveria abastecer as tropas litorâneas à custa de lucros vultosos. Era delatar e negociar. Silvério é preso, por ordem de Luís de Vasconcelos e Sousa, o vice-rei, por considerá-lo como "tendo um caráter disposto para qualquer maldade..." e acreditar ser "bem de presumir que fosse talvez a origem daquelles mesmos horrorosos projectos de que agora se fez denunciante" (Cf. MAXWELL, op. cit., p. 178). Mais tarde, o mesmo vice-rei o libera, preocupado com a repercussão do ato anterior junto a possíveis novas delações ou desistências. As conclusões do inquérito traduzem a exaltação da denúncia:

"Mostra-se que os infames Réus cabeças da conjuração teriam suscitado o levante na ocasião da derrama, ao menos quando estava de sua parte, se Joaquim Silvério dos Reis, se esquecesse das obrigações de Catholico, e de Vassallo, e desempenhar a fidelidade e a honra dos Portuguezes, deixando de delatar a pratica e convite que lhe fizeram Luiz Vaz de Toledo, e seu Irmão Carlos Corrêa de Toledo Vigario, que foi na villa de São José, para entrar na conjuração, declarando-lhe tudo quanto estava ajustado entre os conjurados persuadidos de que o dito Joaquim Silvério quereria ajudar a rebelião, para se ver livre da grande dívida à Fazenda Real, sendo este um dos artigos da negra conjuração, perdoarem-se as dívidas a todos os devedores da Real Fazenda; mas, prevalecendo no dito Silvério a fidelidade e a lealdade que devia ter como Vassallo da dita Senhora, delatou tudo ao Governador da Capitania de Minas em 15 de março de 1789, como consta da Atestação do mesmo Governador a folhas 177 da continuação da devassa de Minas e depois por escripto, como se vê a folha 5 da dita devassa, com a data de 19 de abril do mesmo ano; e ainda que houve a louvavel denuncia de Bazillo de Brito Malheiros, e de Ignacio Corrêa Pamplona, ambos pelas suas datas se vê serem posteriores áquella, que o dito Joaquim Silvério deu de palavra ao Governador, e lhe fizeram tomar as cautelas, e dar as providencias que julgou necessarias, sendo talvez uma dellas fazer suspender o lançamento da derrama".

Gonzaga

("Gonzaga", p. 37). 1744, nascido no Porto. 1810, morre em Moçambique. Pai, brasileiro. Mãe, portuguesa, filha de inglês. Vem para o Brasil aos oito anos, com o pai, nomeado ouvidor-geral em Pernambuco e depois intendente-geral do ouro, na Bahia. Estudos no Colégio dos Jesuítas, nesse mesmo sítio. Aos 16 anos, Coimbra: bacharel, em 1768. Juiz de Fora em Beja: 1779, ouvidor e procurador de defuntos e ausentes em Vila Rica. Amigo e discípulo de Cláudio Manuel da Costa. Paixão e noivado com Maria Dorotéia Joaquina de Seixas, a Marília de sua inspiração de poeta, 16 anos, uma das melhores famílias da cidade. 1786: desembargador da Relação, na Bahia. 1789: de novo Vila Rica. Licença para o casamento requerida em abril. Bodas marcadas para maio. Envolvimento na conjuração, prisão e transferência para a Ilha das Cobras, Rio de Janeiro. Para surpresa do Visconde de Barbacena e novo rumo das devassas. Depois, o julgamento, a sentença, o perdão e o degredo em Moçambique. Único advogado habilitado nestas terras: logo Procurador da Coroa e da Fazenda. Casa-se com senhora "de muita fortuna e poucas letras". Esgotado o tempo de desterro, permanece na África, nomeado Juiz de Alfândega. Em Vila Rica, ao tempo da conjura, formava, com Cláudio Manuel da Costa, o núcleo de um grupo de homens de ideias e de recursos, entre eles, Alvarenga Peixoto, o padre Carlos Correia de Toledo e Melo, vigário de São José, o cônego Luís Vieira da Silva, da catedral de Mariana, Francisco Gregório Pires Bandeira, intendente da cidade, e João Rodrigues de Macedo, contratante de ouro. Escreveu um Tratado de Direito Natural e o livro de poemas Marília de Dirceu, altamente representativo da lírica de língua portuguesa do século XVIII. Possível autor ou coautor das "Cartas chilenas", poema satírico da mesma época com severas críticas ao governador D. Luís da Cunha Meneses, o "Fanfarrão Minésio".

Manuel

("Manuel", p. 38). Cláudio Manuel da Costa, Mariana, 1729, Vila Rica, 1789. Estudos no Colégio dos Jesuítas, no qual ingressa aos 15 anos. Leis em Coimbra, 1749. Advogado em Vila Rica. Fazendeiro de gado bovino e suíno. Lavras e mineração em suas terras, além de um tear. Eleito para a Academia Brasílica dos Renascidos, da Bahia, mobilizadora de perturbações nas terras da Colônia. Secretário do Governo de Minas entre 1762 e 1765 e, posteriormente, entre 1769 e 1773. Advogado da Ordem Terceira de São Francisco de Vila Rica, em 1771. Hábito da Ordem de Cristo, ao peso de oito arrobas de ouro e dez anos de espera. Rico, influente, dono de ampla mansão em Vila Rica, ponto de encontro de amigos e intelectuais. Poeta, deixou sonetos, cantatas, églogas, epístolas e outras composições. Destaque para o poema épico "Vila Rica". Uma das vozes mais significativas do arcadismo no Brasil. Nome árcade: Glauceste Satúrnio. Obras publicadas em Coimbra, 1768. Copartícipe da Conjuração, amigo e mestre de Tomás Antônio Gonzaga, seu provável parceiro na autoria das "Cartas chilenas". Confissões e morte na prisão. Oficialmente: suicídio.

José

("José", p. 39). Inácio José de Alvarenga Peixoto. 1744, Rio de Janeiro, 1793, Angola. Estudos no Colégio dos Jesuítas. Leis em Coimbra. Estabelecido em São João d'El Rey, advogado, deixa a carreira pela indústria da mineração. Caso de amor com Bárbara Heliodora, 18 anos; fruto: filha ilegítima em 1779 e problemas com a sociedade local, mas também empreendimentos lucrativos com o pai da jovem. Coronel do Primeiro Regimento de Cavalaria Auxiliar de Rio Verde, em 1785. Latifúndios no sul de Minas, ricos em ouro, engenho de açúcar, cafezais, canaviais e gado. Presença marcante entre os ideólogos e ativistas da Conjuração Mineira. Prisão, condenação, degredo. Em Ambaca, África. Morre em Angola. Poeta. Vinte sonetos, algumas sextilhas, três odes incompletas, duas liras, uma cantata e um "canto genetlíaco" (louvor ao batizado de um filho do governador Conde de Cavaleiros) em oitava rima. É sua a lembrança da legenda para a bandeira dos inconfidentes: Libertas quae sera tamen. E a ideia da imagem de um índio quebrando grilhões.

Maciel

("Maciel", p. 40). José Álvares Maciel, Vila Rica, 1761, Angola, 1802. Segundo dos três filhos do capitão-mor de Vila Rica, do mesmo nome. Química, em Coimbra. Ano e meio na Inglaterra, a partir de 1786, para estudos de técnicas fabris. E contato com as ideias de liberdade. Na volta ao Brasil, em 1788, encontra os bens de família ameaçados por ordem governamental. Os pensamentos liberais da Europa chegaram a garantir-lhe, na palavra de alguns ingleses, a certeza de apoio, caso houvesse o movimento. Sua voz dizia essa palavra aos conjurados e ao cunhado, Francisco de Paula Freire de Andrade, comandante do Regimento dos Dragões. A traição envolve-o e, julgado, é condenado à forca, à degola do cadáver e à cabeça pregada em poste alto, até que a morte a consumisse, no lugar defronte de sua habitação, que tinha em Vila Rica. A **Carta Régia** de perdão comuta-lhe a pena em degredo na África, em Monsango. Perpétuo.

O padre do Tejuco

("O padre do Tejuco", p. 41). José da Silva de Oliveira Rolim, esse era seu nome. Filho do primeiro caixa do Distrito Diamantino. Vigário do Tejuco. Em Vila Rica, dividia a casa com o contratante Domingos de Abreu Vieira. Não gozava de boa reputação: envolvimento em comércio diamantífero e tráfico de escravos. Ameaçado de banimento pelo governador, Visconde de Barbacena. Missão de inconfidente: "tomar o Distrito dos Diamantes e fornecer duzentos homens com mosquetes, pólvora e balas, vindo de Serro Frio e de Minas Novas (MAXWELL, *A devassa da devassa*, p. 142). Sentença: morte na forca. Comutada para degredo.

O Cônego

("O cônego", p. 42). Luís Vieira da Silva. Estudos primeiros no Colégio dos Jesuítas de São Paulo. Estudos posteriores de Filosofia e Teologia. Entusiasta do pensamento liberal da França setecentista. Pregador. Professor de Filosofia no Seminário de Mariana, em 1757. Vigário de São José, antes de Carlos Correia de Toledo. Comissário da Ordem de São Francisco de Vila Rica, em 1770. Dono de uma biblioteca de seiscentos volumes. Um dos mentores intelectuais da Conjuração de Minas. Missão de conjurado: elaborar os projetos de lei da república nova, com Tomás Antônio Gonzaga e Cláudio Manuel da Costa. Preso, tem os livros sequestrados, e, condenado, na condição de réu eclesiástico, merece da rainha a comutação para degredo, em Lisboa.

O padre

("O padre", p. 43). Carlos Correia de Toledo e Melo. Vigário de São José, Rio das Mortes. Rio. Dono de lavouras e minas. Cinquenta e tantos anos em 1789. Hóspede de Tomás Antônio de Gonzaga, em Vila Rica; dono de ampla biblioteca. Conjurado, sua missão: sublevar as vilas de São João e de São José d'El Rey. Condenado à forca. Pena comutada para degredo em Lisboa.

Francisco

("Francisco", p. 44). Carioca. De 1756. Filho do segundo Conde de Bobadela, Gomes Freire de Andrade. Ilegítimo. Pai e tio ex-governadores de Minas. Cunhado de Álvares Maciel. Divergências com o governo, insatisfações com medidas contrárias aos interesses familiares e com a suspensão de pagamento de soldos aumentados a oficiais e soldados, listados pelo comando, por suspeita de falsa informação. Em 1788, anfitrião da reunião noturna de dezembro do mesmo ano na casa da rua Direita, onde seis homens preparam o caminho da conjura. Comandante, há dez anos, do Regimento dos Dragões. Missão básica: mobilizar a tropa para o levante. E, no dia da derrama, atrasar-se diante da notícia de tumulto na praça, para dar tempo ao alferes de cumprir sua parte cruenta: a prisão e a degola do governador. E, ante a cabeça apresentada do meio do povo, consultar-lhes os desígnios, de viva voz. E participar de imediato da proclamação da nova república independente, diante da palavra respondida: liberdade. A denúncia e a prisão culminam com a condenação: ser conduzido ao lugar da forca e nela morrer morte natural para sempre; e, depois de morto, ter cortada a cabeça, e pregada em poste alto, defronte do lugar de sua habitação, na ponta do Morro; e ser declarado por infame, e seus filhos e netos, e ter seus bens confiscados para o Fisco e a Câmara Real, e sua casa arrasada e a terra salgada, para que nunca mais naquele chão se edifique. Pena comutada pela clemência real para exílio em Pedra de Ancochi, África.

O sargento-mor

("O sargento-mor", p. 45). Chamava-se Luís Vaz de Toledo Piza. Irmão do Padre Carlos Correia de Toledo, sargento-mor da Cavalaria Auxiliar de São João d'El Rey. "Tanto que fosse executada a sublevação e motim a vir para o caminho que há desta Cidade Rio de Janeiro para Vila Rica com gente emboscada, para se opor a qualquer corpo de tropas que fosse para sujeitar os rebeldes" (*Autos da devassa*, v. 7, p. 163-64). Condenado à forca, cabeça cortada e espetada em poste alto, até que o tempo a consumisse" (Ibidem, p. 194-95). Pena comutada em degredo perpétuo em Cambembe, África.

O Campo

("Calvário", p. 56). Ali, erguia-se a forca. No Campo de São Domingos. No espaço da Praça Tiradentes. Antes chamada Praça da Constituição. E Largo do Rocio. Prolongamento do passado Largo da Lampadosa. Entre a atual rua da Alfândega e a da Constituição. Na forca levantada, o réu Joaquim José da Silva Xavier "padeceu morte natural, e lhe foi cortada a cabeça, e o corpo dividido em quartos" (*Autos da devassa*, v. 7, p. 241-42). Entre a rua da Alfândega e os morros da Conceição e do Livramento. Na mui heroica e leal Cidade de São Sebastião do Rio de Janeiro. Sem a certeza de todos: para outros, o patíbulo foi plantado entre as ruas Visconde do Rio Branco e Constituição, onde havia uma empresa funerária e depois uma escola, com o cognome do réu: Tiradentes. Na praça levantava-se mais tarde o Monumento à Independência: no alto, a estátua equestre de Pedro I do Brasil, Imperador.

Ele

("Ele", p. 49). "... O primeiro Réu que nos patenteiam as devassas, e appensos, e o que impestou a todos os outros miseráveis, que se fizeram victimas do despreso com que ou somente ouviam as suas conversações, ou mostravam concordar com ellas, achase sem a menor duvida provado ser elle conhecido por loquaz, sem bens, sem reputação [...]" (*Autos da devassa*, v. 7, p. 73-4). Quarenta e três anos, em 1789. Nascido em São João d'El Rey. Ali, seu pai, Domingos da Silva dos Santos, "homem de algumas posses", foi conselheiro municipal. Seis irmãos, três mais jovens. O mais velho, Domingos, o educa, mortos os pais: perde o progenitor, aos onze anos, a mãe, Antônia da Encarnação Xavier, aos nove. Com o padrinho, cirurgião, aprende noções de medicina e odontologia. Realiza extrações com maestria e prótese com boa fama. Prática de mascate e de tropeiro. Em 1775, Alferes, no Regimento dos Dragões. Soldo: 72$000 réis, por trimestre. 1781: comandante de patrulha do Caminho Novo: condutora de ouro e diamante para o Rio de Janeiro. Alferes, permanece até 1788, preterido na promoção por candidatos ricos de parentes, amigos e pecúnia. Solteiro. Namoro, aos 35 anos, com sobrinha do padre José da Silva Oliveira Rolim, menina e moça: 16 anos. Pedido de casamento negado. Relações com viúva rica: fruto, natural: Joaquina. A alcunha — Tiradentes — liga-se à atividade de dentista, que exerce. Interessado em engenharia, apresenta projeto pioneiro de abastecimento de água para o Rio de Janeiro, através da canalização dos rios Maracanã e Andaraí. E de armazéns e trapiche para embarque de gado. No Rio, desde 1787, licenciado, busca autorização para o que projetara. Licença finda, em 1788, integra guarda da família de Barbacena, chegada da Europa, caminho de Minas. Entre os amigos, Joaquim Silvério dos Reis. Ainda no Rio de Janeiro, conhece José Álvares Maciel, carregado de ideias francesas. E prega a revolução quase abertamente. Na mesma cidade, para onde volta com licença do governador datada de 10 de março de 1789, é surpreendido pela denúncia da traição. E esconde-se na casa de um ourives, na rua dos Latoeiros, atual Gonçalves Dias. Ainda confiante no amigo Silvério, procura-o, na pessoa do padre Inácio Nogueira. O delator quer o destino do alferes. Em vão. Mas persiste. E, por outro religioso, chega à casa de Inácio, e informa ao vice-rei. O padre é detido em 10 de maio e interrogado pela régia figura. Na tarde do mesmo dia, a casa da rua dos Latoeiros é cercada pelos soldados do rei. Joaquim José é feito prisioneiro. Ao cárcere, também é levado o delator: o vice-rei não confia no caráter de quem participara dos planos que denuncia. E o vice-rei é D. Luís de Vasconcelos e Sousa. Três anos permanece o alferes incomunicável:

só fala com seu padre confessor e com seus interrogadores. Em 22 de maio, a primeira inquirição, no presídio da Ilha das Cobras, baía de Guanabara. Resposta: a negativa da conjura. Em 27 de maio, novas perguntas. O Réu confessa conversações sem relevância sobre o desespero do povo de Minas, diante da ameaça da derrama. 30 de maio: o cerco aperta. Tiradentes persiste na negativa. Peremptório. Firme. O vice-rei determina que seus magistrados viajem a Minas para conhecer a devassa de Barbacena e colher declarações. E resolve liberar Silvério, para não desencorajar possíveis deserções e adesões. Em 18 de janeiro de 1790, Joaquim José da Silva Xavier se rende às evidências e às confissões dos companheiros de ideias e confessa. E assume, sozinho, a responsabilidade do plano da conjuração: autoria, divulgação, envolvimentos, mobilização. Atribui seu gesto à preterição no acesso à carreira no Regimento dos Dragões. Esse novo ano encontra D. José de Castro, o Conde de Resende, no comando do vice-reinado. O tribunal recomenda à metrópole o perdão dos implicados na Inconfidência.

Retoma-se o processo. E as inquirições. Amplia-se a rede, que envolve de imediato Silvério e Pamplona. Na chefia das investigações, está Sebastião Coutinho. Na defesa dos réus, José de Oliveira Fagundes, brasileiro, advogado no Rio de Janeiro. Argumentos-base: desimportância dos depoimentos, insanidade de Tiradentes, pedido de clemência real. Joaquim José da Silva Xavier é condenado à morte na forca, ao esquartejamento, com a execração dos despojos, espetados em postes pelos caminhos de Vila Rica. À esterilização das terras domésticas, destruída a casa. À maldição dos descendentes. O único que não tem a pena comutada em banimento. A sentença é cumprida em 21 de abril de 1792. O lugar: no campo de São Domingos, com a recusa da morte, que obriga o carrasco a subir-lhe nos ombros, para apressar o desenlace. E que mobiliza a sensibilidade da multidão, logo agregada em esmolas para a missa pela alma do enforcado. Faz-se a justiça do rei. Faltava a justiça da história. Por tradição, tardia.

Em 1867, a presença de monumento em Ouro Preto. Proclamada a República, o feriado nacional de 21 de abril. E a glória de nomear a cidade onde residira e onde reuniu companheiros de conjura: Tiradentes, dezembro, em 1889, antes São José d'El Rey. Cidade, em 7 de setembro de 1860. Antiga Vila de São José do Rio das Mortes, em 1718, que já fora Arraial Velho e Arraial de Santo Antônio. Terras desbravadas por João de Siqueira Afonso, em busca de ouro, em 1702. E, finalmente, em 9 de dezembro de 1965, por força da Lei nº 4.897, o reconhecimento oficial o consagra como Patrono Cívico da Nação Brasileira.

LIMITES

DA

HISTÓRIA

Prólogo

A conjura: no tecido, a força das ideias, a coragem da ação. Subterrâneos, os interesses financeiros. Paira no ar de Minas um sentimento de Pátria, manhã de floração, véspera de fruto. Cabeças de magistrados, de padres, de advogados, de poetas, grávidas de revolução: mil silêncios acesos no caminho contra a injustiça e o despotismo. A traição vela, sequiosa. Devassas: cursos diluídos entre Rio de Janeiro e Vila Rica. Os senhores da pecúnia, sombra e muro, descartados da tinta do processo, apagados da História. Os semeadores do gesto, sonhadores, eternizados na mitificação sagrada dos heróis. E nas reentrâncias assustadas dos fatos, a semente, plena, inchada: Liberdade. Ainda que tarde.

Vesperal

Seis bravos, na madrugada escondida de Vila Rica. Dezembro, o mês. 1788, o ano. Seis homens, na casa da rua Direita e os sonhos de libertação: Inácio José de Alvarenga Peixoto, poeta e senhor de terras plantadas de lavras de ouro; Francisco de Paula Freire de Andrade, o anfitrião, comandante do Regimento dos Dragões; José Álvares Maciel, semeador de ideias, filho do capitão-mor de Vila Rica; José da Silva Rolim, o padre do Tejuco; Carlos Correia, vigário de São José, e o alferes dos Dragões, Joaquim José da Silva Xavier, por alcunha o Tiradentes.

Lá fora, germinam, excitadas, a insatisfação e a revolta. Adubo: o alvará de 1785, que dá fim aos teares e à manufatura de tecidos finos, e fecha as estradas do interior para o litoral. Chega o governador: Luís Antônio Furtado de Mendonça, Visconde de Barbacena. Missão primeira: fazer cumprir a lei: obrigar a doação mineira de cem arrobas anuais de ouro à Fazenda Real. Dura e áspera, a medida: a cota exige a cessão, pelo povo, de todo o ouro extraído das minas. A ordem, rigorosa: se preciso fosse, eliminar diferenças com um imposto *per capita*: a derrama. E fez-se necessário.

Na cabeça dos homens, agitam-se ideias francesas e americanas, e a eles se junta o desembargador Tomás Antônio Gonzaga. A conjura adeja no ar de Minas. Os homens tecem planos costurados com a palavra dita. Não escrevem, que escrever é sempre um risco.

Estratégia

As armas acalentadas, o segredo. Grupos avisados acolheriam o tumulto plantado pelo alferes. A hora, a da derrama, esperada para fevereiro, de 1789. A Joaquim José, missão de sangue: prender e degolar o chefe do governo. Depois, o retorno ao oceano de povo, águas agitadas. Com atraso premeditado, Freire de Andrade, no comando do seu Regimento e na falsa fala à multidão nervosa, indagaria a pretensão da praça agigantada. E Tiradentes, a cabeça do Visconde erguida, estandarte cruento, acenderia o grito agasalhado na esperança: Liberdade! Irmanados no palanque, alferes e comandante anunciariam a chegada da República e a declaração da independência. A senha "Tal dia é o batizado" conduziria as forças revolucionárias ao núcleo das operações. E, pelos caminhos do Rio de Janeiro e de São Paulo, se espalhariam as sementes, na ponta das espadas e na expectativa do poder de fogo. Ideias e preparativos sedimentam-se na emoção dos sete companheiros, na sombra da conspiração redentora.

Estendem-se aos cérebros frios dos contratadores de ouro, revoltados, mas reduzidos. Coincidem com a consciência e o silêncio de muitos, ativados pelas chamas libertárias.

A força da conjura não consegue romper as paredes da mansão da rua Direita, para aninhar-se no espaço esperado de toda a gente. Nobre é o ideal, ingênua, a logística, frente à grandeza do propósito. Mínimas, as armas. E a mobilização popular. Um projeto luminoso, que subestima a dinâmica do processo. E ceifa-se o movimento. Na lâmina do corte, a traição. O traidor: Joaquim Silvério dos Reis.

Traição e cerco

Março, 1789. Um gesto corta o vão da conjura. O Visconde governante, avisado, armou o contragolpe na dissimulação. Agora, age. Com os ganhos da surpresa: suspende a derrama. Por três razões básicas: a recomendação das autoridades maiores — evitar sobrecarga insuportável para as gentes das minas; a conclusão da Junta da Fazenda de Vila Rica, impossível aplicar o imposto; o motivo mais forte: o esvaziamento da revolta em sua arma de impacto. Desnuda-se a fragilidade do ousado plano. Elimina-se o esperado agente aglutinador das insatisfações. Esvai-se a hora da sublevação. Quem o proclama: o lúcido desconsolo do desembargador-poeta Tomás Antônio Gonzaga. Desativa-se, exânime, o entusiasmo.

O governador conhecia os passos da conspiração, revelados pelo contratante Silvério, devedor da Real Fazenda. E deles dera conta ao vice-rei, Luís de Vasconcelos e Sousa, seu tio, em carta de 25. Do mesmo março. E informara-o da cuidadosa estratégia para fraturar o movimento em processo. Cultiva-se o silêncio nos espaços palacianos. Os homens da inconfidência reveem planos e táticas, sob olhos e ouvidos da traição disfarçada. Silvério, de repente, abandona a empresa. E leva ao poder os nomes, os fatos, o envolvimento. Diz e escreve. Pelos muitos dinheiros, que devia ao fisco. Barbacena finalmente, atua. Com astúcia, lenta e gradual. E mantém a pusilanimidade do traidor a seu serviço. Avisa a Igreja, na pessoa do Bispo de Mariana. Cativa descontentes, chamando-os a seu convívio próprio. Amplia dissensões entre Gonzaga, homens da lei, comandos militares. Busca aliança entre contratantes e latifundiários: mobiliza-lhes a fácil cobiça e a vaidade. E afasta, para local distante, no sudeste de Vila Rica, o Regimento dos Dragões, a pretexto de dar proteção a ouro novo.

Pede reforços ao Rio de Janeiro e ao tio Vice-Rei. E avisa o governo de São Paulo das ramificações paulistas da sublevação. O cerco estende suas malhas. O sonho aproxima-se do fim.

Frustração

A ação repressora passa ao comando central.

O vice-rei Luís de Vasconcelos ordena a devassa. Em sete de maio, vésperas de deixar o trono. Juiz indicado: o desembargador José Pedro Machado Torres; raiz do processo, a denúncia escrita e assinada pela pena da traição. Espessa, baixa, entre Rio e Minas, a censura da correspondência. Guardam-se saídas e entradas de Vila Rica. Mil olhos vigiam os passos do alferes. E começam as prisões.

Clandestino em terras cariocas, Joaquim José é detido. Em 10 de maio. Na rua dos Latoeiros, depois Gonçalves Dias. E têm início deserções e denúncias, garantia de muitos. E são prisioneiros Gonzaga, Cláudio, Abreu Vieira, Oliveira Rolim, Luiz Vaz, Carlos Correa, Alvarenga Peixoto.

Dois inquéritos correm paralelos: o do sobrinho e o do tio. Na cidade mineira, a cadeia se fecha sobre Oliveira Lopes, Luís Vieira, Freire de Andrade, Álvares Maciel. Com alguma proteção do governador. A repressão amplia suas malhas. A surpresa de ordens superiores traz todos os aprisionados para celas do Rio de Janeiro. Novos depoimentos, contradições. A trama noturna da rua Direita determinara a negativa como norma, se a revolução abortasse. E o não povoou as salas cheias de medos e de perguntas. Mas Cláudio ficara nas Gerais. Em cárcere privado, na casa de João Rodrigues de Macedo. Em 2 de julho, sofre o interrogatório, severo. Em 4 do mesmo mês, é encontrado morto. *Causa mortis*, na palavra da medicina e do direito especialmente convocado, suicídio. Por enforcamento. Zeloso, o governante relata-o em carta de 15 de julho, onde inclui o testemunho médico. Negado, porém, mais tarde pela coragem ou o remorso de um dos legistas: seu laudo real: assassínio. E rezara-se missa de réquiem, a expensas da Real Fazenda, privilégio negado a quem se autoelimina. A História agasalha seus segredos, cuidadosa.

Dezembro, 1789: resumo das investigações leva ao vice-rei a premeditação dos conjurados e acentua a grave dimensão das consequências do insensato gesto. E declara, como registram os *Autos da devassa*, que Silva Xavier divulgara a "sediciosa proposição de que podiam ser as Minas independentes, livres da Sujeição Real, e uma República, porque tinham em si todas as riquezas, todas as produções e que toda a América podia ser livre".* E informa o envolvimento "sem provas categóricas" de Gonzaga, Alvarenga Peixoto, Luís Vieira, Cláudio Manuel da Costa. Do tenente-coronel Francisco de Paula Freire de Andrade, diz que fora solicitado para que as tropas não se opusessem aos objetivos da rebelião e que abria sua casa aos encontros secretos dos rebelados.

Muitos testemunham sobre palavras do alferes. Muitos atestam convites para adesão. Muitos, por presentes às reuniões, confessam conhecer-lhe excessivo fanatismo. Novas confissões, em janeiro de 1790, mudam a derrota dos acontecimentos. Notadamente o gesto do Tiradentes, "confirmando ser ele quem ideara tudo sem que fosse movido por alguma outra pessoa".**

Intrincados são os espaços da alma e dos discursos.

(*) MAXWELL, *A devassa da devassa*, p. 188.
(**) *Autos da devassa*, v. 7, p. 74.

Rumos do processo

A investigação de Barbacena, politicamente conduzida, chega rápida a conclusões, levadas a Lisboa em 7 de fevereiro de 1790.

O fato mobiliza os desembargadores do vice-rei e eles apressam seu trabalho: resultados, incompletos, da devassa realizada no Rio de Janeiro também aportam pressurosos à capital portuguesa.

É o ápice da dissensão aberta entre sobrinho e tio na condução do pesado e atribulado inquérito.

A transferência dos implicados para a terra fluminense e a presença de juízes da capital em Vila Rica esvaziam os arranjos do governador.

O novo vice-rei, o Conde de Resende, reabre a questão em 1791. Novo juiz, Sebastião de Vasconcelos Coutinho; novas prisões, novos interrogatórios.

Lisboa assume o comando do processo. E ordena o julgamento.

Ritual e sacrifício

18 de abril de 1792. Rio de Janeiro, sala do tribunal. Nove, os juízes. Presentes, o vice-rei, a Igreja, por seus padres, a guarda, fortemente armada. E os réus, frágeis, acorrentados pesadamente às janelas. Na defesa, José de Oliveira Fagundes, brasileiro. Pede mercê para os implicados.

Dezoito horas de tensão e de palavras agudas, e a sentença: a forca, a decapitação, o esquartejamento. De repente, a clemência. Na carta da rainha D. Maria, a Louca. Todas as penas comutadas em banimento. Menos uma: a de Joaquim José da Silva Xavier, o Tiradentes.

Para ele, o requinte: depois da corda fatídica, a cabeça cortada e exposta ao escarmento público, cravada em alta estaca, no centro de Vila Rica; o corpo, esquartejado, as partes exibidas nas vias de acesso à capitania e nos lugares de maior frequência de público. E a casa destruída, a terra salgada, amaldiçoada a família.

Abril, 1792, 21, o dia. No Campo de São Domingos, Rio de Janeiro, a forca. Em sua direção, o réu. Na escolta, os homens do vice-rei, a plateia, o povo e a cidade. Segue o alferes, alva a sua veste. A luz do sol, prelúdio de estação prestes a inaugurar-se. E o réu sobe. Entre discursos e vivas à louca soberana.

A mão rápida do verdugo cumpre a missão. A corda jungida ao pescoço forceja a morte; mas a vida resiste, forte como a palavra. Só os pés do carrasco sobre os ombros do mártir consumam o sacrifício. Só os pés. Onze horas no Campo de São Domingos.

Amanhecia nas terras do Brasil.

A força do gesto e da palavra

Um gesto malogrado, a conjura. Ato decapitado no alvorecer de sua estratégia. Mas um traçado indelével no tecido da História. Aglutinador de insatisfações, o movimento traz à luz o conflito entre a capitania mineira e as autoridades portuguesas. Ativa as chamas de um nacionalismo nascente. Já há brasileiros no Brasil. E muitos já integram o Regimento dos Dragões e lutam por um lugar na máquina burocrática, no espaço dos tribunais, nos dividendos dos empreendimentos lucrativos. O rito da justiça relativa e a morte injuriosa não infartam o ideal da Liberdade. Os homens morrem. No cadafalso, na prisão, no degredo, no pano tênue da memória. A História registra nomes e fatos. Alguns.

As ideias, porém, vicejam, lúcidas e ágeis, para além da morte decretada. Diligentes e coesos, trabalham os artífices da secreta arquitetura. E, sob a curva do compasso, florescem os desejos de libertação plantados e cultivados com êxito em terras irmãs da América, gerados e disseminados em paisagens europeias, agasalhados com entusiasmo e audácia pelos inconfidentes do Brasil.

Adubada com sangue, a semente germina, inexorável, semeada pela ação e pelo verbo.

Das penas e das agulhas

E a nova bandeira se agita, aos ventos de dezembro, agora em 1794, na trama de outros homens. E ainda à sombra da França. Sede, a Sociedade Literária, no Rio de Janeiro; casa, a de Manuel Inácio da Silva Alvarenga, advogado e poeta; o fim, breve e agudo: sequestro de livros e três anos de prisão.

A crise assume o momento. E expande-se lenta, mas firme.

E chega até à Bahia, no ocaso do século de Setecentos, onde ouro chama-se açúcar. E quando o lucro nasce ainda da exploração do transporte marítimo: rota nacional, para o Rio Grande do Sul, a destino da Europa, com o fumo no bojo dos cargueiros. Mas para o homem da Colônia pesam as leis e os impostos e o preço da alimentação de base: a carne e a farinha de mandioca. Mais uma vez, a revolta eriça os espíritos descontentes. No comando, os alfaiates da Bahia, em 1798. São os mulatos baianos que se opõem aos ricos do Brasil e ao domínio de Portugal. E querem igualdade. E uma sociedade em que diferença de raça não seja obstáculo à ascensão e aos cargos. Nem impeçam a mobilidade social.

Na liderança, os alfaiates João de Deus do Nascimento e Manuel Faustino dos Santos e mais os soldados Lucas Dantas do Amorim Torres e Luís Gonzaga das Virgens. Os panfletos, incisivos e lúcidos: "cada hum he cidadão mormente os homens pardos e pretos que vivem escornados e abandonados, todos serão iguaes, não haverá diferença, só haverá liberdade, igualdade e fraternidade".*

De novo ideias francesas. Regadas pelos problemas raciais e pela alta do custo de vida. No programa dos revoltosos, a instauração da democracia e da independência, renitentes. Mas não há tempo sequer para estratégias e táticas.

A denúncia caminha rápida, a repressão, célere. A forca, a decapitação, o esquartejamento, a exposição pública dos despojos sagrados pela morte pretendem, ainda uma vez, cortar o voo novamente ensaiado. Quarenta e sete, os sacrificados visionários.

Em 1801, as asas reativam-se em nova mobilização: a "Conjuração de Cavalcanti", associada ao chamado Areópago de Itambé, fundado em 1798 pelo Padre Arruda Câmara. Na liderança, Francisco de Paula, Barão de Suassuna, Luís Francisco e José Francisco Cavalcanti de Albuquerque. Objetivo: formação da República, em Pernambuco. Protegida por Napoleão. Resultado: fracasso.

Mas as ideias persistem, alertas.

* MAXWELL, *op. cit.*, p. 245.

Um rei nas terras da colônia

O jogo político e econômico move a França napoleônica até as fronteiras portuguesas, nas tropas do general Junot.

A Inglaterra pressiona.

Novembro chega sombrio no Portugal de 1807.

João, o Príncipe, rege os destinos da pátria ameaçada. Capitular é iminente. A decisão não tarda: retirar-se. Para onde? Para as longínquas terras do Brasil, ricas e seguras.

Guardadas pelas naves dos ingleses, com a família, com os súditos fiéis, solidários e precavidos, com a maior parte dos navios guerreiros, a nobre corte translada-se para as praias da Colônia. E aporta na Bahia, em 1808. Festeja-se a rara novidade. O Brasil se faz reino, unido ao de Portugal e Algarves, sete anos depois. Para alegria da Europa e do comércio da nova sede do governo maior, cedo abalada, entretanto, pelo impulso arraigado de libertação, cada vez mais vicejante.

A vez e a hora do Nordeste

E já em 1817, de novo acende-se a flor antiga, num Pernambuco que se encontra bem longe da felicidade. Açúcar, algodão, seca e ideias desfecham o movimento de libertação. Já não são seis as cabeças, nem quarenta e sete os conjurados. São agora os homens da lei, os homens das armas, da Igreja, do comércio, e mais os proprietários. E representam mais do que simples individualidades: falam a voz e a vontade comunitárias. E assumem a revolta. Derrubam o governador. Instalam um executivo com objetivos republicanos. Garantem a liberdade de imprensa e de consciência. Eliminam os impostos criados pelo rei. Asseguram o direito de propriedade. E propõem bandeira nova e se tratam por vós e por patriotas. Uma revolução que quer interferir até no discurso coloquial. E que consegue apoio de outras províncias, notadamente do Rio Grande do Norte e da Paraíba. As malhas aumentam os espaços da rede. Desfeita, ainda uma vez, em menos de quatro meses: a revolta de 6 de março não passa de 19 de maio. Os homens do rei, comandados pelo Conde dos Arcos, retomam os destinos da gente do Nordeste. E o sangue volta a molhar a terra, esparzido a tiro de fuzil, e a cordas no pescoço. Áspero e duro, o chão da travessia. Mais um bravo passo no caminho. Mortos os homens, persiste a crise, ferida longe de cicatrizar-se, pesar das aparências epidérmicas. A claridade insiste, apesar da sombra do patíbulo e dos muros do sacrifício.

Nuvens espessas no além-mar

Também em Portugal nuvens pesadas começam sua dança. O ano crucial é 1820. Convocam-se Cortes Gerais Extraordinárias. Estremecem os sustentáculos do absolutismo. Pressões intensas chamam João e sua corte para terras europeias. Pressões latifundiárias querem João no Brasil. E o Rei fica. E jura a Constituição em 1821, fevereiro, premido pelas forças armadas. Para decidir voltar no mês seguinte. Retornar é preciso. E o soberano irá. Mas deixa eleições de brasileiros como deputados nas cortes do Reino. Indiretas, mas eleições, e gerais. E faz do filho, Pedro, novo Regente do Reino Unido. Para enfrentar interesses e insatisfações, conflitos entre colonizadores insistentes e proprietários ciosos de suas posses. E mais as tropas amigas de seu pai, que pelejam pela fidelidade às cortes lusitanas.

Paira no ar o desejo de retorno ao estado de colônia. Convém a muitos. Mas a muitos desagrada. Uma semente lançada em terras de Minas Gerais ganhara força. E germinara, fundo, sob a pele da pátria nascente.

Um rio à margem do grito

As ideias de liberdade navegam ruidosas nas terras americanas do Reino Unido do Príncipe D. Pedro. E reorganizam pensamentos, congregam consciências, firmam posições. A ruptura é um prenúncio, entreabrindo-se no horizonte. E uma nova força aglutinadora e mobilizadora instaura-se vigorosa: a imprensa. Seus estandartes: as páginas do *Correio do Rio de Janeiro*, do *Revérbero Constitucional Fluminense*, da *Malagueta*, de *O Espelho*.

A política de recolonização unifica os antagonismos. D. Pedro é chamado a Portugal. Oito mil assinaturas pedem ao príncipe que fique no Brasil. E Pedro permanece. Para o bem de todos. E felicidade geral da nação. A tropa reage. O governante a devolve ao comando do rei, seu pai. Novos soldados chegam. Nem desembarcam. Por ordem do Príncipe. E os mandos de Lisboa não se concretizam sem o seu "cumpra-se". Instala-se um Conselho de Procuradores das Províncias. A situação é tensa como a corda de uma forca. A metrópole exige o retorno do Regente. E a dissolução do conselho. Não é obedecida. A separação não vale mais que um átimo de tempo. E se corporifica em 7 de setembro de 1822, com um brado definidor, diante das águas do Ipiranga: Independência ou Morte. Na voz de D. Pedro, Primeiro do Império do Brasil. Um grito plantado em 1789, em terras de Vila Rica. Um grito enforcado e ferido, mas sempre renascido e presente na essência da gente brasileira. O começo, apenas: *Libertas quae sera tamen*. Amém.

AS PALAVRAS

DA

LEI

A Sentença

Portanto condemnam ao Réu Joaquim José da Silva Xavier por alcunha o Tiradentes Alferes que foi da tropa paga da Capitania de Minas a que com baraço e prégação seja conduzido pelas ruas publicas ao lugar da forca e nella morra morte natural para sempre, e que depois de morto lhe seja cortada a cabeça e levada a Villa Rica aonde em o lugar mais publico della será pregada, em um poste alto até que o tempo a consuma, e o seu corpo será dividido em quatro quartos, e pregados em postes, pelo caminho de Minas no sitio da Varginha e das Sebolas aonde o Réu teve as suas infames praticas, e os mais nos sitios (sic) de maiores povoações até que o tempo também os consuma; declaram o Réu infame, e seus filhos e netos tendo-os, e os seus bens applicam para o Fisco e Camara Real, e a casa em que vivia em Villa Rica será arrasada e salgada, para que nunca mais no chão se edifique, e não sendo propria será avaliada e paga a seu dono pelos bens confiscados, e no mesmo chão se levantará um padrão, pelo qual se conserve em memoria a infamia deste abominavel Réu; igualmente condemnam os Réus Francisco de Paula Freire de Andrade Tenente Coronel que foi da Tropa paga da Capitania de Minas, José Alves Maciel, Ignacio José de Alvarenga, Domingos de Abreu Vieira, Francisco Antonio de Oliveira Lopes, Luis Vás de Toledo Piza, a que com baraço e prégão sejam conduzidos pelas ruas publicas ao lugar da forca, e nella morram morte natural para sempre, e depois de mortos lhe serão cortadas as suas cabeças, e pregadas em postes altos até que o tempo as consuma as dos Réus Francisco de Paula Freire de Andrade, José Alves Maciel, e Domingos de Abreu Vieira, nos lugares defronte das suas habitações que tinham em Villa Rica, a do Réu Ignacio José de Alvarenga, no lugar mais publico na Villa de São João de El-Rei, a do Réu Luiz Vaz de Toledo Piza na Villa de São José, e a do Réu Francisco Antonio de Oliveira Lopes defronte do lugar da sua habitação na ponta do Morro; e declaram estes Réus por infames e seus filhos e netos tendo-os, e os seus bens por confiscados para o Fisco e Camara Real, e que as suas casas em que vivia o Réu Francisco de Paula em Villa Rica aonde se ajuntavam os Réus chefes da conjuração para terem os seus infames conventiculos serão também arrasadas e salgadas sendo proprias do Réu para que nunca mais no chão se edifique. Igualmente condemnam os Réus Salvador Carvalho do Amaral Gurgel José de Resende Costa Pae, José de Resende Costa Filho, Domingos Vidal Barbosa, a que com baraço e prégão sejam conduzidos pelas ruas publicas ao lugar da forca e nella morram morte natural para sempre, declaram estes Réus infames e seus filhos e netos tendo-os e os seus bens confiscados para o Fisco e Camara Real, e para que estas execuções possam fazer-se mais comodamente, mandam que no campo de São Domingos se levante uma forca mais alta do ordinario. Ao Réu Claudio Manoel da Costa que se matou no carcere, declaram infame a sua memoria e infames seus filhos e netos tendo-os e os seus bens por confiscados para o Fisco e Camara Real. Aos Réus Thomás Antonio Gonzaga, Vicente Vieira da Motta, José Aires Gomes, João da Costa Rodrigues, Antonio de Oliveira Lopes condemnan em degredo por toda a vida para os presidios de Angola, o Réu Gonzaga para as Pedras, o Réu Vicente Vieira para

Angocha, o Réu José Alres para Embaqua, o Réu João da Costa Rodrigues para o Novo Redondo, o Réu Antonio de Oliveira Lopes para Caconda, e se voltarem ao Brasil se executará nelles a pena de morte natural na forca, e applicam a metade dos bens de todos estes Réus para o Fisco e Camara Real. Ao Réu João Dias da Motta condemnam em dez annos de degredo para Benguela, e se voltar a este Estado do Brasil e nelle for achado, morrerá morte natural na forca e applicam a terça parte dos seus bens para o Fisco e Camara Real. Ao Réu Victoriano Goncalves Veloso condemnam em açoutes pelas ruas publicas, tres voltas ao redor da forca, e degredo por toda a vida para a cidade de Angola, e tornando a este Estado do Brasil e sendo nelle achado morrerá morte natural na forca para sempre, e applicam a metade de seus bens para o Fisco e Camara Real. Ao Réu Francisco José de Mello que falleceu no carcere declaram, sem culpa, e que se conserve a sua memoria, segundo o estado que tinha. Aos Réus Manoel da Costa Capanema e Faustino Soares de Araujo absolvem julgando pelo tempo que têm tido de prisão purgados de qualquer presumpção que contra elles podia resultar nas devassas. Igualmente absolvem aos Réus João Francisco das Chagas e Alexandre escravo do Padre José da Silva de Oliveira Rolim, a Manuel José de Miranda e Domingos Fernandes por se não provar contra elles o que baste para se lhe impor pena, e ao Réu Manoel Joaquim de Sá Pinto do Rego Fortes fallecido no carcere declaram sem culpa e que conserve a sua memoria segundo o estado que tinha; aos Réus Fernando José Ribeiro, José Martins Borges condemnam ao primeiro em degredo por toda a vida para Benguela e em duzentos mil para as despesas da Relação, e ao Réu José Martins Borges em açoutes pelas ruas publicas e dez annos de galés, e paguem os Réus as custas. Rio de Janeiro, 18 de abril de 1792.

Vas.los

Gomes Ribr.°

Cruz e Silva

Veiga

Figd.°

Guerreiro

Montrº

Gayoso

(*Autos da devassa*, v. 7, p. 194-197)

A Régia Clemência

Sebastião Xavier de Vasconcellos Coutinho do Meu Conselho, do da Minha Minha Real Fazenda, e Chanceler nomeado da Relação do Rio de Janeiro. Eu a Rainha vos envio muito saudar. Tendo-os determinado pela Carta Regia de dezeseis de Julho do presente anno, o que deveis praticar na Comissão de que vos tenho incumbido, assim com os Réus Eclesiasticos, como com os seculares, compreendidos no crime de que trata a mesma Carta: Por esta vos ordeno as alterações seguintes. Quanto aos Réus Eclesiasticos, que sejam remettidos a esta Côrte debaixo de segura prisão, com a sentença contra elles proferida; para á vista della Eu determinar o que melhor Me parecer. Quanto aos outros Réus, e entre elles os reputados por Chefes, e Cabeças da Conjuração, havendo algum, ou alguns, que não só concorressem com os mais chefes nas assembléas. e conventiculos, convindo de commum acordo nos perfidos ajustes que ali se trataram; mas que além disto, com discursos, praticas, e declamações sediciosas, assim em publico, como em particular procurassem em diferentes partes fóra das ditas assembléas introduzir no animo de quem os ouvia o veneno da sua perfidia, e dispor, e induzir os Povos, por estes, e outros criminosos meios a se apartarem da fidelidade que me devem: Não sendo esta qualidade de Réu, ou de Réus pela atrocidade, e escandalosa publicidade do seu crime, revestido de taes, e tão agravantes circunstancias digno de alguma commiseração; Ordeno, que a sentença que contra elle, ou contra elles for proferida, segundo a disposição das Leis se dê logo á sua devida execução: quanto porém aos outros réus tambem chefes da mesma conjuração que se não acharem em iguaes circumnstancias, querendo usar com elles da Minha Real Clemencia, e benignidade: Ordeno, pelo que respeita tão somente á Pena Capital em que tiverem incorrido, que esta lhes seja commutada na immediata de degredo por toda a vida, para os presidios de Angola, e Benguela, com pena de morte se voltarem para os dominios da America. Quanto aos mais Réus, que nem foram chefes da referida conjuração, nem entraram, ou consentiram nella, nem se acharam nas Assembléas, e conventiculos dos referidos conjurados; mas que tendo tão somente noticia, ou conhecimento da mesma conjuração não a declararam, nem de nunciaram em tempo competente: Hei por bem perdoar-lhes igualmente a Pena Capital em que tiverem incorrido; e que esta se lhes commute na de degredo para os outros Dominios de Africa, compreendidos os de Mossambique, e Rios de Sena pelos anos que parecerem convenientes; debaixo da mesma pena de morte, se em tempo algum voltarem aos Dominios da America: O que assim executareis, ficando tudo o mais disposto na sobredita Carta Regia de dezeseis de Julho em seu inteiro vigor: Escripta em o Palacio de Queluz, em quinze de Outubro de mil setecentos e noventa.

RAINHA

Para Sebastião Xavier de Vasconcellos Coutinho.

Pela Rainha

A Sebastião Xavier de Vasconcellos Coutinho, do seu Conselho do de sua Real Fazenda, e Chanceller da Relação do

RIO DE JANEIRO

Aos vinte dias do mez de Abril do anno de mil cetecentos, e noventa e dois na mesma Mesa da Relação pelo Desembargador Conselheiro Sebastião Xavier de Vasconcellos Coutinho do Conselho de Sua Magestade e do da Sua Real Fazenda Chanceller da Relação desta Cidade me foi apresentada a Carta Regia da Piedade, que Sua Magestade pela sua Alta Clemencia é servida ter com alguns dos Réus para a ajuntar a estes Autos, e se fazer conclusa com os mesmos Autos; que ajuntei, e para constar fiz este termo: e Eu o Desembargador Francisco Luis Alvares da Rocha Escrivão da Commissão e Alçada, que o escrevi.

E logo fiz os Autos conclusos com a mesma Carta Regia ao dito Desembargador Conselheiro Sebastião Xavier de Vasconcellos Coutinho do Conselho de Sua Magestade, e Juiz da Commissão, e Alçada de que fiz este termo; e Eu Francisco Luis Alvares Escrivão da Comissão e Alçada o escrevi.

(*Autos da devassa*, v. 7, p. 225-27).

Conclusos

Accordão em Relação os da Alçada etc. Em observancia da Carta da dita Senhora novamente junta, mandam que se execute inteiramente a pena da sentença no infame Réu Joaquim José da Silva Xavier por ser o unico que na fórma da dita carta se fez indigno da Real Piedade da mesma Senhora; quanto aos mais Réus, a quem deve aproveitar a Clemencia Real, hão por commutada a pena de morte na de degredo perpetuo, o Reu Francisco de Paula Freire de Andrade para a Pedra de Ancochi, o Réu José Alvares Maciel para Monsango, o Réu Ignacio (sic) José de Alvarenga, para Dande, Luiz Vaz de Toledo para Cambambe, o Réu Francisco Antonio de Oliveira Lopes para Bié, o Réu Domingos de Abreu Vieira para o presidio de Machimba, Salvador Carvalho do Amaral Gurgel para Catala, o Réu José de Resende Costa Pae para Bissao, o Réu José de Resende Costa filho para Cabo Verde, o Réu Domingos Vidal Barbosa para a Ilha de São Thiago, ficando em tudo o mais a sentença em seu vigor, e se voltarem a este Dominio da America se executará em qualquer que transgredir a ordem da dita Senhora a pena de morte que lhe tinha sido imposta, declaram que o degredo dos tres Réus José de Resende Costa Pae, José de Resende Costa Filho e Domingos Vidal Barbosa será somente por tempo de dez annos, ficando em tudo o mais que se contém neste accordão a respeito destes tres Réus em observancia. Rio de Janeiro 20 de abril de 1792.

Vas.[los]

Gomes Ribeir°

Cruz e Silva

Veiga

Figd.°

Guerreiro

Montrº

Gayoso

Aos vinte dias do mez de abril do anno de mil setecentos e noventa e dois nesta Cidade do Rio de Janeiro e Mesa da Relação della pelo Conselheiro Chanceller da mesma Relação Sebastião Xavier de Vasconcellos Coutinho do Conselho de Sua Magestade e do da Sua Real Fazenda, Juiz da Commissão expedida contra os Réus da Conjuração formada em Minas Geraes, me foram dados estes Autos com a sentença em frente proferida em observancia da Carta Regia novamente junta a estes Autos para publicar uma, e outra, e intimar aos Réus embargantes, de que para constar fiz este termo; e

Eu o Desembargador Francisco Luis Alvares da Rocha, Escrivão da Commissão, e Alçada, que o escrevi.

Francisco Luis Alvares da Rocha, Desembargador dos Agravos da Relação desta Cidade, e Escrivão da Commissão, expedida contra os Réus da Conjuração formada em Minas Geraes certifico, que publiquei a Carta Regia folhas oitenta e nove, e os dois Accordãos ultimos proferidos nestes Autos, e os intimei aos Réus embargantes, de que passei a presente certidão e dou fé. Rio de Janeiro vinte de Abril de mil setecentos e noventa e dois.

*Francisco Luis Alvares da Rocha**

(*Autos da devassa, v. 7, p. 233-35*).

O Ato Final

Justiça que a Rainha Nossa Senhora manda fazer a este infame Réu Joaquim José da Silva Xavier pelo horroroso crime de rebellião e alta traição de que se constituiu chefe, e cabeça na Capitania de Minas Geraes, com a mais escandalosa temeridade contra a Real Soberania, e Suprema autoridade da mesma Senhora que Deus guarde.

Manda que com baraço e prégão seja levado pelas ruas publicas desta Cidade ao lugar da forca, e nella morra morte natural para sempre e que separada a cabeça do corpo seja levada a Villa Rica, donde será conservada em poste alto junto ao lugar da sua habitação, até que o tempo a consuma; que seu corpo seja dividido em quartos, e pregados em iguaes postes pela estrada de Minas nos lugares mais publicos, principalmente no da Varginha, e Sebolas; que a casa da sua habitação seja arrazada, e salgada, e no meio de suas ruinas levantado um Padrão em que se conserve para a posteridade a memoria de tão abominavel Réu, e delicto, e que ficando infame para seus filhos, e netos lhe sejam confiscados seus bens para a Corôa e Camara Real. Rio de Janeiro, 21 de abril de 1792. Eu, o Desembargador Francisco Luis Alvares da Rocha, Escrivão da Comissão que o escrevi.

Seb.ão X.er de Vas.los Cout.o

Francisco Luis Alvares da Rocha, Desembargador dos Agravos da Relação desta Cidade, e Escrivão da Commissão expedida contra os Réus da Conjuração, formada em Minas Geraes, certifico que o Réu Joaquim José da Silva Xavier foi levado ao lugar da forca levantada no campo de São Domingos, e nella padeceu morte natural, e lhe foi cortada a cabeça; e o corpo dividido em quatro quartos e de como assim passou na verdade lavrei a presente certidão, e dou minha fé. Rio de Janeiro, 21 de abril de mil setecentos e noventa e dois.

*Francisco Luis Alvares da Rocha**

(*Autos da devassa*, v. 7, p. 241-42).

ROTEIROS DAS ESTAÇÕES E OUTROS CAMINHOS

ALBUQUERQUE, Tenório d'. *A maçonaria e a Inconfidência Mineira.* Rio de Janeiro, 1958.

ALENCAR, Francisco; CARPI, Lúcia; RIBEIRO, Marcus Venício. *História da sociedade brasileira.* Rio de Janeiro: Ao Livro Técnico, 1979.

Autos da devassa da Inconfidência Mineira. Rio de Janeiro: MEC-Biblioteca Nacional, 1936-1948.

BANDEIRA, Manuel. *Apresentação da poesia brasileira.* 2. ed. Rio de Janeiro: CEB 1954.

BARBOSA, Waldemar Almeida. *A verdade sobre Tiradentes.* Belo Horizonte, s.d.

CANDIDO, Antonio. *Formação da literatura brasileira (momentos decisivos).* 2. ed. rev. São Paulo: Martins, 1964.

CASTELLO, José A. *Manifestações literárias da era colonial* (1500/1808/1836). 2. ed.rev. e aum. São Paulo: Cultrix, 1967.

CASTELLO, José A. *O movimento academicista no Brasil.* São Paulo: Comissão Estadual de Literatura, 1969-1971.

Comissão confiada ao alferes Joaquim José da Silva Xavier pelo Governador Luís da Cunha Meneses. Rev. do Arquivo Público Mineiro, v. 2, 1897.

FRANCO, Afonso Arinos de Melo. "Inconfidência Mineira: origens ideológicas". In: *Anais do Terceiro Congresso de História Nacional t.* 7, Rio de Janeiro, 1931.

FRIEIRO, Eduardo. *O diabo na livraria do cônego.* Belo Horizonte, 1943.

GERSON, Brasil. *Pequena história da Inconfidência.* Rio de Janeiro, 1959. (Cadernos de Cultura do MEC.)

LACOMBE, Américo Jacobina. *Caminhos da Independência: os movimentos autonomistas.* In: História da Independência do Brasil. Rio de Janeiro, 1972.

LIMA, Jr., Augusto de. *História da Inconfidência de Minas Gerais.* Belo Horizonte: Itatiaia, 1968.

LUZ, Nícia Vilela. "Inquietação revolucionária no sul: Conjuração Mineira". In: *História Geral da Civilização Brasileira.* São Paulo: Difusão Europeia do Livro, 1968 T.1, v.2.

MATHIAS, Herculano Gomes. Inconfidência e inconfidentes. Congresso Comemorativo do Bicentenário da sede do Governo do Brasil, v. III, 1967.

MATHIAS, Herculano Gomes. *Tiradentes através da imagem.* Rio de Janeiro, 1969.

MAXWELL, Kenneth R. *A devassa da devassa:* A Inconfidência Mineira: Brasil-Portugal, 1750-1808 *(Conflicts and conspiracies: Brazil & Portugal, 1750-1808), Rio de Janeiro: Paz e Terra, 1977.*

Memória do êxito que teve a Conjuração de Minas e dos fatos a ela relativos, *Revista do Instituto Histórico e Geográfico Brasileiro*, v. 10, 1904.

MEIRELES, Cecília. *Romanceiro da Inconfidência.* Rio de Janeiro: Livros de Portugal, 1958.

(*) Principal fonte das informações históricas constantes deste livro, juntamente com a também citada ***A devassa da devassa.***

MENDES Jr., Antônio; RONCARI, Luiz; MARANHÃO, Ricardo. *Brasil História Texto e consulta.* 2: ed. São Paulo: Brasiliense, 1979, 3v.
MERQUIOR, José Guilherme. *De Anchieta a Euclides.* Breve História da Literatura Brasileira. Rio de Janeiro:José Olympio, 1977.
MOTA, Carlos Guilherme. *Atitudes de inovação no Brasil: 1789-1801.* Lisboa: Livros Horizonte, s.d.
NEVES, J.C. Alves. *A Inconfidência Mineira.* Rio de Janeiro, s/d.
OLIVEIRA, Almir. *As duas inconfidências.* Belo Horizonte, 1970.
PASSOS, Carlos. *A conspiração mineira da Inconfidência.* Porto, 1942.
PEREIRA DOS REIS. *O colonialismo português e a conjuração mineira.* São Paulo, Nacional, 1946.
PINTO, Hércules. *A vida de Tiradentes.* Rio de Janeiro, 1963.
SANTOS, Lúcio José dos. *A Inconfidência Mineira. O papel de Tiradentes.* São Paulo, 1927.
SANTOS, Célia Nunes Galvão Qurino dos. A Inconfidência Mineira. Separata do tomo XX dos *Anais do Museu Paulista*, São Paulo, 1966.
SODRÉ, N. Werneck. *As razões da Independência.* Rio de Janeiro: Civ. Brasileira.
SOUSA E SILVA, Joaquim Norberto de. *História da Conjuração Mineira.* Rio de Janeiro: Imprensa Nacional, 1948.
TORRES, Antônio. *As razões da Inconfidência.* Rio de Janeiro, 1926.
TORRES, Luís Vanderlei. *Tiradentes; a áspera estrada para a liberdade.* São Paulo: Obelisco, 1965.
Últimos momentos dos Inconfidentes de 1789 pelo frade que os assistia em confissão. *Rev. do Inst. Hist. e Geof. Brasileiro.* T. 44, 1881.
VIRGILE. *Les bucoliques et les georgiques.* Nouvelle édition revue et augmentée avec introduction, notes, appendices et index par Maurice Rat. Paris, Garnier, 1955.

grupo editorial zit

Terceira edição: março de 2025
Papel de capa: cartão triplex 250g/m²
Papel de miolo: offset 120g/m²
Impressão: Zit Gráfica e Editora